오래된 것들은 골목이 되어갔다

천년의시조 1008

오래된 것들은 골목이 되어갔다

1판 1쇄 펴낸날 2020년 6월 20일
지은이 김연미
펴낸이 이재무
책임편집 차성환
편집디자인 민성돈, 장덕진
펴낸곳 (주)천년의시작
등록번호 제301-2012-033호
등록일자 2006년 1월 10일
주소 (03132) 서울시 종로구 삼일대로32길 36 운현신화타워 502호
전화 02-723-8668
팩스 02-723-8630
홈페이지 www.poempoem.com
이메일 poemsijak@hanmail.net

ⓒ 김연미, 2020, printed in Seoul, Korea

ISBN 978-89-6021-495-8 04810
     978-89-6021-345-6 04810(세트)

값 10,000원

*이 책은 **Jeju** 제주특별자치도   **JFAC** 제주문화예술재단 의 2020년도 문화예술지
          Jeju Special Self-Governing Province   Jeju Foundation for Arts & Culture
 원사업에 후원을 받아 제작되었습니다.

오래된 것들은 골목이 되어갔다

김연미 시조집

천년의
시작

오래도록 그곳에 있었으니
더 맑아지리라.

흐르지 못한 시간을 애써 변명하며
내 안에 무언가 쌓이는 게 있으리라
막연한 기대를 놓지 못하고 있었는데……

오래도록 머물러있다는 것은
주변에
그만큼의 울타리를 치고 있었다는 사실을
아프게 깨달아야만 했다.

오래된 골목에도
꽃은 피고
소실점 속으로 사라진 것들의 행방을
마음에서 찾는다.

어느새
한 점 점이 된
나.

차례

시인의 말

제1부

골목의 봄

오래된 것들은
골목이 되어갔다
직선의 도로 날에 잘려 나간 마을 안쪽

윤색된
기억의 빛깔은
늘 찬란한 봄이었다

생애의 비밀 문자 주름살로 위장하고
자벌레 걸음으로 시간의 경계를 넘는
할머니 뒷모습에도 나른함이 따르고

여기서 거기까지
몇 생을 돌아야 할까
작아지던 골목이 한 점 점이 될 때

터질까
사라져버릴까
꽃망울 만개한 봄.

올레, 외로움의 시작점

살짝살짝 엿보다 마당까지 들어와 버린
결명자 서너 포기
엉거주춤 서있다
돌담 위 틈을 엿보던 콩 넝쿨도 내려오고

초침처럼 오가던 발자국이 멈추고
고장 난 시계처럼
정지된 풍경 속으로
구부정 가을이 홀로 빈 유모차 끌며 가고

길은 늘 외로움에 시작점을 찍었지
발자국을 지우며
뿌리 내린 풀잎 사이로
황갈색 바람 한 줄기 시작점을 또 찍어.

너울성 파도

바람 불지 않아도 파도는 높았다
태풍 예보만으로도 꽃잎을 오므리며
갯바위
갯메꽃들이
파르르르 버티고

선심성 입김에도 입장 바꾼 기압골
회전교차로 도는 동안 방향을 또 잃었나
막아선
현수막들이
갈기갈기 찢기고

태풍의 눈동자가 정수리를 노릴지 몰라
비껴간 경로에도 불안한 하늘의 뜻
신산리
앞괴 바다가
경계선을 긋고 있다

업사이클링

맞짱은 맞짱으로
지천명의 이 봄날

징검돌 두어 개 놓고 문득 길이 끊겼나요
바람이 흔드는 대로 손을 놓아도 좋아요

긴 머리 시니어 모델 당당하던 워킹처럼

떨어질 땐 고딕풍으로
타협 없이 가세요

두 번째
꽃을 피우는
낙화들의 업사이클링

닫혀 있다

폭풍우 심한 밤을 겨우 지난 다음 날 아침
해가 뜨는 방향으로 사람들은 떠났다
어디쯤 놓쳤던 걸까
따라나설 수 있던 지점

헐거워진 궁합은 삐꺽이는 소리도 없어
아주 낡은 돌집에 저를 닮은 뒷문 하나
더 이상 할 말도 없이
검은 속살을 드러내고

닮아간다는 게 가끔은 두려울 때가 있어
갈수록 모호해지는 너와 나의 경계에서
문턱을 넘지도 못하고
닫힌 채로
서있다

미스 페레그린과 이상한 아이들의 집*

시간이 익고 있다 안좌동** 낡은 창고
지류에서 빠져나온 돌연변이 얼굴들
담쟁이 줄기 줄기에 시침 떼고 앉았다

정지된 화면 위로 바람 언뜻 불어오면
표피를 뚫고 나와 손 내미는 아이들
그 영화 시작과 엔딩의 무대였을 것 같은

파편의 궤도를 따라 벚나무가 자라고
창문 위를 오르는 뒤엉킨 시공간 속에
무자년*** 죽음의 순간도 반복되고 있던 걸까

더해진 시간들은 한쪽으로 고여서
여기 이 마을의 안쪽 타임 루프를 만들고
떠났던 발걸음들을 불러내고 있었다.

* 「미스 페레그린과 이상한 아이들의 집」: 팀 버튼 감독의 영화 제목.
** 안좌동: 서귀포시 표선면 가시리의 동네 이름.
*** 무자년: 1948년 제주 4·3 사건이 발생한 해.

18

농부의 자서전

여백 없이 쓰인 이야기 미처 다 못 읽고
띄엄띄엄 소제목만 훑어가는 가을날
흩어진 낱장들 위로
집중 호우
지났다

침수된 하늘 한쪽 내려앉은
월동 무밭
대칭으로 마주 보는
생과 사의 세상에서

어느 게 사는 쪽일까
목을 치켜세우면

해묵은 씨앗들은
이쯤에서 눈을 뜰까
깔끔한 성격대로 잡초 하나 없는
문장

눌러쓴 농부의 생애가
짙어지고 있었다

산수국 피는 길

초신성 푸른 별이
안개 속에 떠있다

전설의 끝을 푼 백록의 숨결들이
하얗게 숲을 지우고
빈 세상을 내밀 때

허리둘레 넉넉한
헛꽃들만 봤었지

쉽게 젖고 쉽게 마르는 이 얇은 가슴으로는
잉태의 작은 방 하나
마련하지 못하고

돌발 사고 영상처럼
맞닥뜨린 지천명

그래프 꺾인 지점 성판악 넘어선 길
촉촉한 눈빛을 보내는
산수국이 있었다.

여기가 거기였을까

고 작은 알몸들은 다 어디로 갔을까
다섯 살 계집애처럼 종알종알 맺혀있다 환하게 손을 놓으
며 물속으로 뛰어들던

거슬러서 거슨새미 오른쪽으로 노단새미 주어진 이름대
로 흐를 만큼 흘렀는지
물 긷던 새벽별마저 물동이를 버리고

저 모퉁이 돌아서면 새가 날아오를까
아버지 근육 같은 나무뿌리 한쪽을 베고 작은 새 작은 날
개를 파닥이고 있었지

여기가 거기였을까 줄거리 띄엄띄엄 풀숲에 길을 지우고
이끼 앉은 시간도 지우고
저 홀로 눈물에 젖어 무너지는 그때 거기.

살아온 날들 쪽으로 술잔이 기울었다

석양의
실루엣 속으로 물새가 날아왔다
삼십 년 된 친구와 밤새 나누는
수다처럼
자잘한
물결이 깔린 삼양동 방파제

턱을 괸
저녁노을 저 먼저 집으로 가고
날개 접은 등 뒤로 오랜만에
별이 뜬다
스무 살
거기 두고 온 우리들 눈빛 같은,

살아온 날들 쪽으로 술잔이 기울었다

바다와 하늘 사이
수평선 집어등 사이
흐르는
시간의 틈에서 술 한 잔을 나누고

젊음은 어느 별에서
현재형으로 반짝일까
더 깊게
드리워지는 기억의 바닷속으로

잘려진
동영상처럼
별이 내리고 있었다.

숨은 그림 스케치

빨간색 우체통 안에 그리움을 데생해
설렘을 터치하는 손바닥 문패도 달고
명도는 봄 햇살만큼,
휘파람도 그려봐

자연산 색채마다 자연산 추억이 돋아
백살된 팽나무와 돌도 안 된 백일홍이
마당의
평상에 앉아
별을 찾고 있었던

오밀조밀 오조리*
비 그친 수채화 속
장화 신은 고양이가 삐뚤빼뚤 길을 묻다
담쟁이 이파리 사이 숨은 그림이 되었다

* 오조리: 서귀포시 성산일출봉 아래 있는 마을.

24

제2부

닻이 있는 풍경

가을이 지나가는 바닷가 둥근 안쪽

그 흔한 연줄도 없이 혼자 남은 닻 하나

기우뚱 바닷속으로 화살표를 꺾는다

닻 내린 지점을 어부는 잊었을까

파도의 호흡 아래로 드러났다 잠기는

쓸쓸한 풍경이 되어 녹이 슬어가는 기억

빈 몸으로 살아도 아직 남은 부끄러움

계절마저 다 떠난 섭지코지 뒤편에서

바다의 얇은 이불을 끌어당기고 있었다.

오래된 비

신화와 현실사이
집중호우 지나던 날
언뜻 분 바람 사이로 물기 반쯤 털어내며
이제 막 세수를 마친 혼인지를 만났다

먼지 다 씻어낸 듯 눈이 맑아지는 이곳
물구나무 선 채로
수행에 든 나무들이
하늘 더 깊은 곳으로 빠져들고 있었고,

신방에 들기까지 치러야 할 수순처럼
불쑥불쑥 고여있는 물웅덩이 거울마다
흐릿한
내 부끄러움을
자박자박 밟다가

마지막 장면만 남은
이야기의 맨 안쪽
푹 꺼진 한숨처럼 내려앉은 동굴 속에서
원시의
첫 눈물 같은

오래된 비를
만났다.

수월봉 바람맞이

무너지다 남은 것들은
절벽이 되었다

부재의 품 안으로 파고들던 바다의 등

그 등을 밟고 오르는
바람이 매서웠다

속수무책 당할 수밖에
도리 없다 하지 마라

바닥까지 굽히고서도 깍지를 낀 억새 뿌리

통째로 산이 되었다

수월봉이 울었다

빈 의자
—신천리*에서

바람결 굵어질수록 그리움은
깊어졌다
대상 없는 불안에도 파도는 하얘지고
등대와 등대 사이로
배는 오지 않았다

어디서 들은 듯한 음모설을
뿌리며
번지는 물감처럼 비행기 지나는 자리
실루엣 다 드러나는
실크 커튼이 쳐지고

벽을 만날 때마다 꽃을 그려
건넸구나
길이 끝난 지점에 의자를 내놓는 마을
바닷가 풍경 속에서
여백이 앉아있었다.

* 신천리: 서귀포시 마을 이름.

성산 그 집

바다 하나
산 하나
그 아래 마을도 하나

버려져도 몰려 사는 빈 보말 껍데기처럼

물들 때
물이 빠질 때
바스락거리며 살았지

경계선 지운다고 하나는 아니었지

날마다 작아지는 빨강 파랑 지붕들이
위장막 칡넝쿨 속으로
소라게처럼 숨어드는,

잘려 나간 기억 너머
속살 드러난 마당에
헐거워진 노을 한자락 창문으로 들이고

등 굽은

할머니처럼
볕을 쬐고 있었다.

소라 굽는 여인

관광지 경계선을 잠시 빠져나간 여인

불판 위에 소라 몇 개 꽃처럼 올려놓고
그 꽃 다 피기 전까지 눈을 떼지 않는다

플라스틱 의자가 깔 맞춤으로 나앉고
안줏거리 같은 날
먹기 좋게 익어갈 때

바람은 예의도 없이 낯선 말투로 불었다

곱게 핀 꽃과 바꾼
계산서
반을 접어

또 옵서, 고맙수다,
허리 굽힌 수평선

다목적 인사말 하나를
영수증처럼 건넨다.

한대오름 가는 길

표지판 다 읽고도 길은 자꾸
어긋났다

평탄한 등산로일수록 생각들이 얽히고
서둘러 지던 낙엽에
문득
발이 걸리고

내 나이 가을쯤엔 빈숲처럼 고요해질까

제 이름을 지우며 하늘을 들이는 숲
잔가지 교차점마다 우여곡절이
꺾이고

서론이 길었던 만큼 정상은 단순했다

목소리 낮추고 보니 말년이 더 편안하다는
나직한 봉분 하나가 먼저 앉아
있었다.

성산 일출

벼랑쯤 품고 있어야 만남이 더
극적이라
돌이 된 아흔아홉 장수들을 거느리고
은빛의 절벽 위에서 기다린 지
참 오래

전설에서 빠져나온 고대의 왕관 하나
외로움의 성 허물어 마을 쪽 길을 열면
천 개의 발이 된 염원 새벽길을
오른다

거북아 거북아 왕관의 주인을 내어라*
일직선 눈길을 모아 동해 바다 두드리면

솟는다,
눈동자 속으로
수천의 해가 솟는다.

* 「구지가」 차용.

거슬러서 거슨새미*

전설의 실루엣은
무엇으로 그리는 걸까
행기물 가는 길이 풀숲으로 숨어들고
밭 갈던
농부와 소도
돌아가고 없는 저녁

망오름 허리춤에
천 년 전에 찾아왔던
기억의 씨앗 같은 이름들을 따라가다
산그늘
접었다 펴는
젖은 등을 만난다

거슬러 오르는 것도
물 흐르듯 가는 땅
축축한 가슴마다 마르지 않는 샘을 품고
전설의
다음 이야기
이어가고 있었다.

* 거슨새미: 서귀포시 토산 마을에 한라산 방향으로 거슬러 오른다고
해서 붙여진 샘 이름.

매봉*을 오르다

길은 자꾸 눈치도 없이 산 아래만 서성인다
낮은 포복 낮달이
낯선 주소에 걸리고
별표급 타운 하우스 문을 열지 않는다

백미러 먼저 접는 후회 없는 외길의 숲
하필 그 화살 끝점에 묻어있던
쓸쓸함
퇴화된 꼬리뼈 쪽으로 본능처럼 날아가고

직선 너머 꼭지점 그곳에 닿고 싶다
부리에 햇살을 문,
너는 늘 반짝이고
등고선 한끝을 밟고 다시 길을 오른다

* 매봉: 표선면 세화 2리에 있는 오름. 매의 형상이라서 붙여진 이름.

기다리던 것이 정말 너였을까

뿌리 약한 것들의 행방을 찾아야 해
감정만 슬프게 부는 금악오름 분화구

보랏빛 서늘한 눈매
엉겅퀴는 알까 몰라

덩치 큰 나방 한 마리 날아가지 않았네

사랑해,
말끝마다 이지러지는 꽃잎으로

더 진한 후회의 냄새
변태일지도 몰라

정말로 너였을까
뜨내기 운명 같은

기다리는 것들은 봄보다도 더 멀어

다 태운 발화점 너머로
꽃만 지고 있었어

두모악*의 가을

고독의 씨앗으로 아름다운 폐교 운동장
그늘의 깊이만큼
떠오르는 이름 앞에서
우리는
밤송이 줍듯
빈손을 내밀어 본다

삶과 죽음은 외길이란다
용눈이 능선 같은
나직나직 몸을 낮추는 그 남자의 음성이
아래로 길을 떠나는 낙엽으로 내리고

햇살도 이곳에선 고개를 숙이고 오네
미완성 벽화를 두고
담쟁이도 손을 놓는
두모악 갤러리에 와
늦가을이
앉는다

* 두모악: 사진작가 김영갑의 갤러리 이름.

제3부

노루귀 산천*

기다림에 지친 숲이 봄으로 갔어요
신동엽의 진달래 산천 아직은 먼 삼월 어귀
노루귀
분홍 노루귀
해방구가 여기네요

마지막 산사람이 귀 한쪽 열어두고
냉전의 뿌리를 베고 잠이 들던 그 자리
지워진
파편 자국에
귀만 남아 피네요

빈숲에 겨누었던 총부리 거두는 봄
햇살 환한 사람들이 한 줄로 찾아와서
노루귀
하얀 노루귀
무릎 꿇고 있네요.

* 신동엽의 「진달래 산천」 차용.

멸치 떼

돌아가지 못한 것들이 하얗게 마르고 있다

쓰러지는 숨결을 받아 안은 모래들과
그 모래 갈비뼈에서
태어난 바위 위에

사설 같은 긴 주검
줄무늬 선명하고

칠십 번
눈을 감아도
축축한 가슴들이

남몰래 작은 웅덩이 반쯤 채운 물 내미는,

가볍게 몸이 뜨는 해류를 기다린다

태초의 직립보행
걸어간
그쪽으로

성산포 광치기 해변 멸치 떼 마르고 있다

북촌 팽나무

피사체 노을 속에
흑백의 미학인가요

차렷 자세 세워놓고
나를 찍지 마세요

겨누어 나를 향하던
총구들만 같아요

이덕구를 만나다

그 사람과 나 사이
숨은 길을
찾았다
새로 돋은 나뭇잎에 햇살 듬뿍 내려도
아직은 미덥지 못한 듯
입술 꼭 깨무는 봄에

앞서 누운 조릿대 다시 밟고 오른다
칡 감발 슬픔 위에 내 발자국 겹치면
초록색 바람이 분다.
스물아홉 청년 같은

보급품 구하러 나간 동지들은 돌아왔을까
꺾여도 빛이 나던
그 남자
의지처럼
백골의 사금파리가 돌담 위에서 더 희고

감자 몇 개 삶아내던 무쇠 솥도 깨지는 시간
일흔 번째 꽃이 피고
일흔 번째 꽃 지는 동안

그 자리

나를 기다린

한 남자를 만났다.

2016, 수선화

습관처럼 내뱉는 모른다 그 대답에

일 퍼센트 기대마저 손을 놓는 이 겨울

바닥이 바닥을 보이며 벌거벗고 있을 때

무리 지어 피는 꽃은 쉽게 꺾이지 않더라

바람 부는 쪽으로 촛불을 켠 수선화

이 겨울 다 지나도록 일렁이고 있었다.

뫼비우스의 띠

낮과 밤의 문턱은 어디쯤이었을까
악몽처럼 뒤집힌 해맑은 영혼들이
잔잔한 포말이 되어
사그라든
그 지점

천 일 동안 비 내리고
천 일 동안 물에 잠겨
목젖 더 깊숙하게 가라앉던 네 이름
종잇장 하나를 두고도 들리지가 않았지

어느
뱃길을 따라
다시 여기 왔을까
멈춰 선 자리에서 시간의 결 헤쳐보면
한 바퀴 세상을 돌아온
영혼들이 있었다

2016, 겨울 바다

얼마나 많은 가슴이 저렇듯 아팠을까

해안선 돌아가는
삼양의 겨울 바다
퍼렇게 멍든 그 속내 감추지를 못한다

등대와 등대 사이
깊숙이 허리를 접고

큰 바위에 큰 파도
작은 바위에 작은 파도
이름표 바꿀 때마다 부서지며 살던 바다

상처 입은 마음들이 손을 잡는
수평선 너머
두루뭉술 구름 몇 점 실선을 지우려다

무너진
포토 라인에
발이 걸려 있었다.

교래 까마귀

해발 사백 고지 더 이상 갈 곳이 없다
광화문 촛불처럼 억새꽃 일렁이는 저물녘 교래 사거리 까
마귀 날아든다
빼곡히 전선을 채운 저 까만 염원들 성급한 귀소 차량 길
게 꼬리를 물고
빨간색 정지신호가 길어진다 싶을 때

비 날씨를 예감한다 동물적 감각으로
오래된 일기처럼 익숙해진 그림 위로 습관성 소망 하나
가 긴 줄을 만들고
오래 버티는 쪽으로 동글동글 몸을 말아 한 점 씨앗이 되
는 저 단단한 응어리
바다 쪽 고향의 봄을 기다리고 있었다.

별자리를 찾아서
—4·3 평화공원에서

지상의 모든 이유가 새털처럼
가벼웠다.
생사의 무게마저 부유하던 시간 위에
치밀한 슬픔이 띄우나
낯빛 붉은 영혼들

돌아오지 않는 이들은 서천 꽃밭에
닿았을까
달빛 아래 가빠지던 죽음의 틈새마다
송이 돌 꽃을 다듬는
석수장이 손끝으로

돌아오라 돌아오라
발자국 없는 이들이여
현무암 혈 자리에 새겨 넣은 이름들이
고요히
하늘을 흘러
별자리에 앉았다

바다의 혓바닥

올봄에 또 무엇 억울함이 있었나

직선으로 부딪치는 막무가내 저 빗방울

며칠째 비 오는 바다 심장을 두드린다

잠 덜 깬 표정을 전면에 깔아놓고

검은 바위 그 배후에 혓바닥 숨긴 바다

귀 막고 눈도 감은 채 입을 열지 않는다

가난한 이름들은 흔적조차 남길 수 없나

저 많은 눈물을 먹고 비대해진 4월 바다

입술도 닦지 않은 채 시치미를 뚝 뗀다.

냉이꽃 지는 봄

뿌리를 내리는 데 목숨을 걸어야 했다
발붙인 곳이 하필
48년
겨울 언저리
빌레 밭 검은 바탕에 한 점 슬픔이었다.

덫에 걸린 시간이었지 사는 게 더 간절해지는
똬리를 틀더라도
멈출 수 없던
맹목
태생의 가난한 이름을 밥알처럼 피우다

눈가의 잔주름마냥 웃음기 일었을까
비대칭 시간들도
꽃대를 올리는
봄
생전에 못다 한 말씀을 유언처럼 매단다.

묘의 급

바람도 무장한 채 문틈을 엿보던 밤
덜컥덜컥 동백꽃
영문 없이 떨어진다
만발한 낙화 위에서 울음들이 꺾이고

서론 본론 구분 없이 한 세상이 쓰러지고
떠돌이 작은 별들
일흔 번째 떠도는 동안
이념의 붉은 입자들 한 점으로 뭉쳤을까

묘에도 급이 있었다
돌계단 층이 지듯
버려진 시간만큼씩 등허리 더 굽히고 사는

충혼묘 현의합장묘*
속령이골
골이
깊다.

* 충혼묘, 현의합장묘: 1949년 1월 12일 서귀포시 남원읍 의귀리에서
  국방경비대와 무장대의 싸움으로 희생된 국방경비대, 민간인, 무장
  대의 무덤.

너븐숭이 수선화

보채지도 울지도 않는
긴 침묵의 응어리
보리밥 얄팍히 담긴 사발 같은 무덤에

손뜨개
양말 한 켤레
눈물처럼 놓이고

젖 냄새보다 먼저
꽃처럼 피 흐르던 계절
민가슴 너븐숭이에 작은 발을 묻었구나

쓰러진
엄마 젖가슴
헤쳐 빨던 그 아기

순리대로 살아가는
북촌리 겨울과 봄
살냄새 짙게 풍기며 양지쪽으로 앉을 때

수선화

한 겹 또 한 겹
응어리를 풀고 있다.

제4부

어쩌다 오른

데쳐진 청각에서
그녀의
냄새가 났다
어쩌다 식탁에 오른 어머니의 그 입맛
비릿한 유년의 기억이 의자에 앉은 저녁

애써 지운
물기가
살강살강 씹힌다
오감에도 들지 못한 무미한 그리움
유전성 입맛을 하고 문득 나를 깨운다

어디까지 내려서야
살과 살을
부빌까
한 번도 건네지 못한 손끝을 접고 나면
초록색 가슴 안쪽이 흥건하게 젖는다.

이중섭, 양하꽃으로 피어난

그 남자
성긴 어깨엔
바람이 늘 머물렀다

섶섬이 보이는 자리
예감된 외로움처럼
밑그림 안개 사이로 문득 솟은 슬픔처럼

감싸 주고 싶었지
초록의 울타리 치고
실선 따라 피어나던 아이들 웃음소리
겹겹이
손을 내밀며
그 여름을 넘다가,

빛이 바래질수록 그리움은 짙어져
더 낮게 엎드리며 빈 몸이 된 늦가을

뿌리째 꽃이 되었네
양하꽃이 피었네

요양원 담쟁이

수직의 벽을 오르던 손톱들은 버렸다
식판에 반, 입안에 반,
두서없는 숟가락질
광합성 부족한 얼굴이 한쪽으로 기우는 시간

이슬만으로 충분한 눈물의 총량 앞에 갇힌 건 나일지 몰
라 벽과 벽 그 사이에서 연둣빛 입술 끝마다 절벽을 물고
섰다

기억 다 지우고서도 손주에게 뻗는 촉수
요양원 창문 밖에
휴일 맞춰 찾아온
담쟁이 손을 맞대고 웃고 계신 어머니

그 사람

짙게 선팅이 된 그의 삶이 궁금했어

호기심 콕콕 찍으며
차창 속을 엿보면
부리에 선명히 찍힌 내 울음이 보였지

닿을 수 있었을까
작은 새
그 날개로

창 하나 사이에 두고
늘
아득했던 거리

두어 개 깃털로 남아
여백이 된
그
사람

푸른 지문의 숲

대숲에 바람 들면 떠날 수 있으리라
흙을 빚어 사랑을 잇던 한 남자의 다짐이
금이 간 마음 한쪽에
푸른 지문을
남기고

바람까지 품어야 숲을 이룰 수 있다는 걸
그 사람 몰랐던 걸까 꿈이 고이던 울타리
신전에 제물 올리듯
토기들을
놓았지

기억하지 못해서 다행이다
그 이름
홀로 남은 슬픔이 댓잎에 서걱이다
귀에 선 발자국에도

덜컥
덜컥
떨어져.

가을에

이 깊은
숲에 와서도 한마디를 못 한다
미사여구 말솜씨 늘어가던 나무들이

제 속의
하늘을 열고 다 버리는
늦가을

잡풀 속에 묻혔던 오솔길을
걸어와
나직이 저를 드러낸 굴참나무가
부러워

구구구
비둘기 말투로
나 혼자서 울었다.

토박이 안개

오래된 골목에는
토박이 안개가 산다

흔들렸던 흔적들은 날마다 헐거워져
시간의 원심 안에서 더 깊이 가라앉고

목소리만 남은 저녁
여백이 번져간다

만조에도 뜨지 못한 어스름 민낯들이
키 낮은 담장 안에서 더 낮게 엎드리고

낯익은 골목으로
낯선 길 자꾸 들어와

하얀색 바람들도 그 길 따라 들어와
사투리 혼잣말 같은 가슴들을 지운다

겨울로 가는 비

빗방울
이었을까 긴 머리 하얀 얼굴 겨울 가는 문턱에 장난처럼
걸려서 추락한 성적의 끝점 내리꽂힌
그 아이

예견된 슬픔
처럼 일주일째 비 내리고 서늘한 가슴에 닿던 구급차 붉
은 소리 이명의 소용돌이로 밤새도록
맴돌고

비와 눈
의 경계에서 얼마를 더 울어야 할까 아픔은 아픔끼리 다
독이는 웅덩이에 수직의 마음을 풀고 겨울비가
눕는다.

남수각 소묘 5
—바랭이

모서리 각진 자리에
그가 앉아있었다
난간대와 보도블록 물기 없는 운명 사이
짜디짠 여름을 건넌 오이와 호박이 놓이고

뒤로 자꾸 밀어내는 무심한 발길 따라
아들딸 다 떠나간 외로움의 그 지점
흙냄새 희망 쪽으로 뼈만 남은
손 내민다

놓지 않은 시간들은
뿌리에 가 닿았을까
푸른 마디 고개마다 잔뿌리 내려가며
오늘도 삶을 펼치는
진초록의 그 여자

불면증이 오는 뒷골목

게으른 시간들도 때가 되면 모여들었지
쾌감처럼 입었던
스무 살
상처들이
검버섯 딱지가 되어 담벼락에 앉은 곳

불면증이 오는 건 꿈이 많아서라고
오백 원 고갈비가 별빛들을 다독일 때
맨몸의 술잔 술잔엔 구호처럼 달이 떴지

변화와
변절 사이
큰 도로가
뚫리고
양옆으로 치워진 자잘한 약속들이
불경기 텅 빈 거리에 쪼그려 앉아있었지.

홀로 깊어지는 섬

수술 자국 선명하던 민머리 무성해지며
반 평의 침상 위에서 어머니는 섬이 되셨다

눈동자 들여다볼수록 심연의 물속만 같은

신경세포 끊어진 낱개의 언어들이
풀기 없는 밥알처럼 이불 위로 떨어질 때

의성어 숨소리 사이 길은 정말 사라진 걸까

불현듯이 건너온 물기 밴 저 눈빛
괜찮다 어깨를 쓸다 불현듯 또 바람에 밀려나

안개의 장막 안에서 홀로 깊어지신다.

시

당신이 참 낯설다
잘 안다고 생각했는데

사람들은 저마다 다른 별에서 살지

별자리 운세 풀이에도 알 수 없던
너의
등

몇 광년 건너가면
옷자락에 닿을까

휘어진 시공간을 빠져나올 수도 없어

창가의
별빛에
기대

잠이 들곤 했었다.

제5부

장마

아파트 우수관에 개구리가 사나 봐
가개비
가가개비
밤 세워 이어지는
나선형 울음소리가 가슴 아래를 뚫는다

한곳만 고집하는
저 집중
무엇일까

허공의 그리움을 발밑으로 당겨 와
그 아래
밀착된 날들을
눈물로 씻어내나

밑 빠진 생각들이 낙수처럼 흐르는 밤
어딘지 알 수도 없는
불면의 끝을 찾다
흥건히 젖은 베개에 붉어지는 이
아침

비닐을 내리다

속 깊이 들여다봐도
늘
흐릿한
삶의 안쪽
눈빛 선한 열매들이 계절의 길을 묻는
과수원 비닐하우스 묵은 옷을 벗는다

벼랑처럼 잘려진 의무의 줄 끝점에서
비로소 몸을 펴는 먼지 낀 지문들
고였던 울음 한쪽이 울컥 쏟아져 내리고

어느
마음엔들
투명한 곳 없었으리
바람이 습을 하는 빈 몸의 어깨 한쪽
시간의 아래쪽으로 가을처럼 기운다.

안개의 그림

긴 밤이
물러난 자리
하얀 어둠이 두텁다

어긋난 마음 어디
흥건해진 물기들이

진실의
이파리마다
벙어리 벙어리 맺히고

축축해진 손
내밀면
길이 휘청거렸다

스크래치 기법으로
풀꽃들 불러오면

작은 길
모퉁이마다
불이 켜지고 있었다.

연밥, 암호를 풀다

하늘이 감춰놓은 반고딕체
암호문

그 진본
앞에 놓고도 풀지 못한 울음들이

또 다른 꽃의 풀이를 불쑥불쑥 올린다

질펀해진 날들을 켜켜이 쌓다 보면

질펀한 슬픔이 뭉쳐 단단해진
작은 방

환하게
꽃의 뿌리를 감싸 안고 있었다.

감물 들이기

본색을 드러내볼까
하늘의 뜻일지 몰라
달콤하게 익어갈 미래를 저당 잡혀
마지막 한 방울 눈물로 던져보는
승부수

완전히 마르기 위해 몸을 다시 적신다
안과 밖
경계에서
선택은
늘 강자의 몫
덜 여문 성장의 기록이 말랑말랑 씹히고

새로 다시 태어나면 낮은 데로 흐르리라
갈증의 농도만큼 깊어지는 내 안의
강
섬
같은 봉인을 풀고 갈색 천에 앉았다.

뼈대를 세우다

연초록 눈망울이
숲의 무릎을 짚는다
탯줄 하나 내려 받은 게 행운의 전부였던
그 깊은 그늘 아래서 배밀이를 배우고

햇살 한 줌 공짜가 없다
약육강식의 계산법엔
목소리 큰 쪽으로 눈 맞추는 하늘 아래서
허공의 틈새를 찾다 등허리가 또 휘고

등뼈 세워 서고 싶다
세상에 흡반을 대고
맨몸으로 승부를 거는 겨울 숲 그 어귀에
직립의 저 송악 줄기 초록빛이 낯익다

겨울 텃밭

제2막 무대 앞에 관객들은 오지 않았다
흥밋거리 다 빠지고 에필로그만 남아있는
저 남루 들깨나무가
겨울 텃밭을 지킨다

내 생애 클라이막스
아직 남아있을까
색 바랜 배경에는 조명마저 희미하고
이름도 대사도 없는 조연들만 남은 무대

겨울바람에 여무는 까만 뜻이 있었네
생生의 마지막 장
빈 육신 내려놓다
불현듯 깍지가 터진다,
봄의 씨앗 가득하다

쇳소리로 울다

팔려버린 과수원이
쇳소리로 울었다

한라봉 비닐하우스
뼛조각 빼내는 소리

사분의
사 박자 간격에
덜컥덜컥 떨어졌다

일차원 설계 도면
허공에 내걸린 후

얇은 바람막이
다 찢긴 그해 겨울

척추뼈
빼내 팔고도
울지 않던 농부의,

바람은 안에서부터 바깥쪽으로 불었다

손끝에서 피고 지던
귤꽃들 다 지우고

녹이 슨
울음소리가
커져 가고 있었다.

잔돌이 되어

반쯤 포기한 이력에 방점 하나를
꿈꾼다
어머니
걱정들이 자잘하게 흩어진

텃밭의
돌들을 모아
탑을 쌓아 올린다

무너지지 말아야지 돌다짐
다지는 마음
크기에
정비례하는 제자리를 순응하며

잃었던
반쪽을 찾듯
빈틈들을 메운다.

감싸 안은 어깨들이 떠받치는
작은 세상
그 세상

어디쯤서 나도 잔돌로 서있을까

후덕한
돌탑의 허리께
가만, 만져주고 싶다.

어느 날 문득 내 궤도에서 발견된 미확인 소행성

한라대 정문에서 사거리 신호등 사이
내가 그릴 하루와 그녀가 그릴 하루 사이
교집합 원소가 되는 아침 출근 그 길 사이

한쪽 면만 보여 주는
신비주의 달처럼

병목현상 상상에도
뒷모습만 보이네

얼마나
오랜 시간을
홀로 돌고 있던 걸까

하늘의 별들처럼 떠다니는 사람들 사이
궤도와 궤도 사이 좌회전 깜빡이 사이

미확인 소행성 그녀
걸어가고 있었다.

겨울나무

극사실주의 펜 끝으로
드러나는 저 알몸

포르말린 냄새가
바람에 묻었던 걸까

단 하나 작은 치장도 필요하지 않았다

차車 포包 다 떼고서도
내 앞에 독대하리

초심初心의 허기들이
머리끝 세우는 계절

풍화된 뼈마디 사이에
타협점은
없었다.

달맞이꽃

길
한쪽에 서서
돌아갈 줄 몰랐지

달 뜰
무렵에야
가만히 고개 드는

얼굴이
노랗던 아이
젖은 눈이 고왔지

악몽이면 좋았을
목이 꺾인 그 시간

열일곱 여린 눈물이
줄기를 타고 올라

뜨거운
상처 속으로
달 하나를 품는다.

삶과 꿈과 역사, 그리고 빈칸으로 남은 음보 하나

박진임(문학평론가)

1. 한라봉꽃의 시인

　김연미 시인은 현대 시조단에 싱그러운 새 기운을 불어넣는 시인이다. 그의 시어는 정확하고도 치밀하며 구사하는 이미지는 선명하고도 독창적이다. 김연미 시인의 독창성은 「한라봉꽃 솎아내며」에 이미 충분히 드러나 있다. 한라봉꽃을 솎아내는 장면에서 잉여를 용납하지 않는 자본주의 사회의 모순을 간파해 낸 것이다. 그토록 예리한 눈길을 지닌 이가 김연미 시인이다. 「한라봉꽃 솎아내며」를 보자

　　팔자걸음 작은 보폭 귤꽃들을 따낸다
　　가지 하나에 꽃 하나 일직선 명제 앞에
　　잉여의 하얀 영혼들 별똥별로 내리고

상위 일 퍼센트 그 꽃들이 우선이야

과정도 사연도 없이 태생으로 결정되는

이 시대 상품의 가치 절벽처럼 단호해

　　—「한라봉꽃 솎아내며」 부분(『바다 쪽으로 피는 꽃』)

　김연미 시인은 자연에서 역사를 읽는다. 아름다움의 겉면을 들추고 그 안에 도사린 우리 사회의 아픔들을 찾아낸다. 예사로운 것들을 통하여 결코 예사로울 수 없는 삶을 드러낸다. 때가 되어 피어나는 꽃도 무심한 듯 내리는 비도 그의 눈길 앞에서는 각각의 숨은 사연들을 드러내게 된다. 「비 온다」는 강정마을에 내리는 비를 그리면서 사회 비판의 목소리를 드러내는 텍스트이다.

　　열두 번 돌고 도는 어린 전경 어깨 위에

　　직각으로 서있는 단절된 휀스 위에

　　오답지 빗금을 치듯 강정마을 비 온다

　　　　—「비온다」 부분(『바다 쪽으로 피는 꽃』)

　「비 온다」에서는 빗줄기가 쏟아지는 모습을 형용하며 "오답지 빗금을 치듯"이라는 이미지를 들여왔다. 해군기지 건설에 저항하는 마을 사람들의 고통을 대변하듯 하필이면 강정마을에 내리는 비이기에 시인은 그 비를 정교하게 스케치한다. 비 내리는 풍경의 함의가 오롯이 드러난다. 시조단의 기대를 한 몸에 받고 있는 김연미 시인은 새 시집에서도 그런 자신의 역량을 충분히 드러내고 있다.

2. 시간의 경계와 삶의 고비

새 시집에서는 시간과의 관계 속에서 삶을 명상하는 시적 주체를 발견할 수 있다. 시간이란 무엇이며 우리 삶에서 시간이 지니는 의미는 무엇인가? 시간이 컨베이어 벨트 같은 것이라면 우리는 그 벨트에 실려 어디론가 옮겨지는 소모품일지도 모른다. 그럴 때 우리의 나이를 지칭하는 말들, 이를테면 이립而立, 불혹不惑, 혹은 지천명知天命 같은 표지들은 벨트가 지나가는 공간을 구획하는 단위들일 것이다. 혹 시간이 정지해 있는 풍경 같은 것이라면 우리는 한 걸음씩 걸어서 그 공간을 이동하면서 흔적을 남기고 갈 터이다. 김연미 시인은 그런 시간의 의미를 묻고 답한다. 그리고 매우 선명한 이미지를 찾아 그 시간을 그려낸다. 그래서 독자들은 제시된 이미지를 통하여 시간에 대한 생각을 이어갈 수 있게 된다.

(이 시집에 포함되지 않은 작품이지만) 김연미 시인은 마흔 살이라는 나이를 자동차 운전의 이미지를 통해 재현하기도 했다. 뒤를 돌아보게 되는 나이, 생각이 깊이를 얻어가는 나이, 앞만 보고 달려오다 문득 자신의 위치를 생각하게 되는 나이, 그리하여 더러 불안, 초조, 혹은 상실감도 경험해 보는 나이로 사십 대를 그려낸 것이다.

백미러를 본다 가끔,

뒤처진다 느껴질 때

생각의 병목현상 깊어지는 이 가을

아무도 따라오지 않는 뒤가 자꾸 궁금해

성판악 가까워졌나

오르막이 힘들다

알피엠 높아지는 마흔 살 중턱에서

백치의 낯빛으로 선 이정표도 지나고

　　　　　　　—「가을의 쉼표」 부분(『바다 쪽으로 피는 꽃』)

　성판악 고개를 힘들게 오르는 자동차의 이미지를 통해 김연미 시인은 사십 대의 자화상을 그려낸다. 백미러, 알피엠 등의 말이 핍진성을 그려내기 위해 동원되고 있다. "백미러를 본다 가끔, / 뒤처진다 느껴질 때"라고 노래하여 경쾌한 리듬감을 드러낸다. 그리하여 시조 형식 특유의 언어미학을 십분 구현해 낸다. 시인의 인생길이 성판악이라는 매개체를 통하여 유기성을 획득하고 있다는 것은 이 시집에 수록된 「산수국 피는 길」에서도 확인할 수 있다. 성판악을 넘어선 길에서 "촉촉한 눈빛을 보내는/ 산수국이 있었다"고 노래한다.

　이제 김연미 시인은 성판악 오르막을 힘들여 오른 다음 문득 마주치게 된 지천명의 봄날을 그려내고 있다. 오히려 고개를 넘어서면서 가벼워지기라도 한 듯 마음껏 상상력을 펼쳐가는 것을 볼 수 있다. 중년의 삶에 대한 사유가 발랄하게 전개되는 「업사이클링」을 보자. 인생의 중압감이 소멸해 버린 듯, 자유로움과 당당함이 텍스트를 지배하고 있음을 볼 수 있다.

맞짱은 맞짱으로
지천명의 이 봄날

징검돌 두어 개 놓고 문득 길이 끊겼나요
바람이 흔드는 대로 손을 놓아도 좋아요

긴 머리 시니어 모델 당당하던 워킹처럼

떨어질 땐 고딕풍으로
타협 없이 가세요

두 번째
꽃을 피우는
낙화들의 업사이클링

—「업사이클링」 전문

꽃은 피었다가 시들어 떨어지고 계절은 왔다가 낙화 더불어 떠나가고, 그 결에 인생 또한 생장하고 쇠락한다. 시간의 흐름과 함께한다는 것, 그것은 참으로 당연한 자연의 이

치일 뿐이다. 낙화는 자연이 지니는 중력의 힘으로 이루어지는 것일 터이다. 달이 상현에서 하현으로 모습을 바꾸고 바닷물의 조금과 사리가 그러하듯이. 그러나 그 중력을 멈추어보려는 자세 또한 지나치지 않다면 자연스럽다. 기릴 만한 것이기도 하다. 생기 있는 모든 것은 아름답다. 목숨을 이어가려고 애쓰는 몸짓 또한 주어진 생명을 감사히 받아들이고 지켜가려는 고운 모습일 것이다. 그런 자세를 시인은 낙화의 업사이클링에서 찾아낸다.

낙화가 중력의 결과라면 업사이클링은 중력에의 저항이라 불러도 좋으리라. 한 생의 유효기간이 소진한 뒤에 새로운 생을 열어가는 일은 예술의 길이며 구도의 길이기도 하다. 두 번째 꽃을 피우는…… 두 번째 꽃은 필 수 없을지도 모르지만, 아니 필 수 없게 마련이거나 필 수 없을 따름이겠지만 두 번째 꽃을 피워 보려는 소망만큼은 생명체의 권리이며 의무이기도 할 것이다. 불어오는 바람은 낙화를 위한 장치이지만 그 바람 속에 솟구쳐 오르면서 완성하는 낙화의 군무는 더욱 아름다울 것이다. 시인은 그 두 번째 삶, 즉 성공적인 업사이클링을 위하여 순명과 자존의 자세를 먼저 요구한다. "떨어질 땐 고딕풍으로/ 타협 없이" "긴 머리 시니어 모델 당당하던 워킹처럼" 구절이 거들어 자존의 자세가 보여 주는 당당한 삶의 모습도 드러낸다. "바람이 흔드는 대로 손을 놓아도 좋아요"라고 이르며 먼저 집착과 탐욕을 내려놓고 순응할 자세를 갖추는 것이 필요하다고 이른다. 불어오는 바람 앞에서 순순히 낙하하는 것, 떨어질 땐 단호하게 수직 하강하는 것, 그러나 바람의 결을 따라 마지막 힘을 다하여 낙화라는 이름의 두 번째 꽃을 피우는 것. 지천명에 이른 삶의 바람직한 자세를 그려내는 김연미 시인의 방식이다.

한라산 성판악까지 오르는 길에서 불혹의 나이가 요구하는 삶의 철학을 명상하던 시인이 이제 그 언덕을 내려갈 준비를 한다. 지천명이라는 시간대의 습격 앞에서 느끼는 당혹감 또한 솔직하게 드러내고 있다. "돌발사고 영상처럼/맞닥뜨린 지천명"이라고 노래한다. 겪어보아 익숙한 것과 경험하지 않아 낯설고 두려운 것 사이, 그 사이들을 무수히 지나가면서 인생은 전개된다. 직방낙하하다가 한번쯤 솟구쳐 올라 완성되는 꽃잎의 춤 같은 그런 인생길은 어떠냐고 이른다. 단호하고도 성숙한 목소리를 명징한 이미지 뒤에 숨긴 채 그 길의 동반자가 되지 않겠느냐고 독자에게 속삭인다.

그러나 시인의 시간관은 단선적이지 않다. 막연한 긍정성에 기반을 둔 것도 결코 아니다. 오히려 시인은 현실 속에서 자주 절망하면서 참담한 좌절감 혹은 상실감을 드러내는 편이다. 그렇듯 솔직하게 현실을 재현한다. 전망의 부재는 현대성의 특징이며 김연미 시인 또한 동시대인의 공통된 감각에 민감하게 반응한다. 「닫혀 있다」는 시인이 경험하는 현재의 시간성을 너와 나의 경계라는 주제로 확장시킨 텍스트라고 볼 수 있다.

폭풍우 심한 밤을 겨우 지난 다음 날 아침
해가 뜨는 방향으로 사람들은 떠났다
어디쯤 놓쳤던 걸까
따라나설 수 있던 지점

헐거워진 궁합은 삐꺽이는 소리도 없어
아주 낡은 돌집에 저를 닮은 뒷문 하나
더 이상 할 말도 없이
검은 속살을 드러내고

닮아간다는 게 가끔은 두려울 때가 있어
갈수록 모호해지는 너와 나의 경계에서
문턱을 넘지도 못하고
닫힌 채로
서있다

—「닫혀 있다」 전문

　텍스트의 주제는 너와 나, 즉 자아와 타자가 지닌 공간의
분리와 중첩, 혹은 연결의 문제라고 볼 수 있다. 존재는 관
계를 필요로 한다. 존재의 의미 또한 자주 관계에 의해 규
정된다. 관계는 존재가 없이는 불가능한 것이며 존재의 존
재성을 강조하는 것이기도 하다. 그 존재와 관계의 사이에
경계의 문제가 놓여있다. 김연미 시인이 제시한 낡은 돌집
과 뒷문, 그리고 문턱은 존재와 관계라는 주제를 형상화하

는 매우 정확하고 구체적인 이미지들이다.

초장에서는 따라나서지 못하고 홀로 남겨진 자가 경험하는 열패감과 당혹감이 등장한다. "어디쯤 놓쳤던 걸까/ 따라나설 수 있던 지점"의 표현은 그 망연자실의 느낌을 정확히 드러낸다. 마지막 연에서 "문턱을 넘지도 못하고/ 닫힌 채로/ 서있다" 구절이 등장하면서 그 느낌은 더욱 강조된다. 2연과 3연에서는 낡은 돌집과 "저를 닮은 뒷문 하나"의 이미지를 통하여 앞으로 나아가지 못한 채 서로 엉겨 함께 쇠락해 가는 자아와 타자와의 관계를 그려낸다. 오래되어 낡은 관계는 "헐거워진 궁합은 삐꺽이는 소리도 없"는 것으로 나타난다. 이어지는 "더 이상 할 말도 없이"는 다시 한번 그 오래된 관계의 무료함과 권태를 강조한다. 마지막 연에서는 2연에 등장한 오래된 관계가 사실은 익숙해지고 닮아간다는 것과 다름 아님을 드러낸다. 그리고 그것은 다시 "갈수록 모호해지는 너와 나의 경계"로 다시 한번 강조된다.

1연에 등장한 사람들, 즉 해가 뜨는 방향으로 떠난 사람들은 시적 화자의 현재와는 확연히 대조되는 세계에 속한 이들이다. 낡은 돌집의 뒷문으로 형상화된 것이 시적 화자의 현실이라면 해 뜨는 방향으로 떠나간 사람들은 그의 꿈이나 기억의 세계를 대표하게 될 것이다. 더욱 낡아져 갈 일만 남은 오늘, 여기의 풍경이 검은 속살로 드러나서 선명하다. 그 풍경 속에는 당혹감과 고독감으로 어쩔 줄 몰라 하는 시적 화자의 모습이 남아있다.

3. 기억, 흔적, 유물

기억! 우리말의 기억이라는 말은 영어로는 메모리memory이지만 불어로는 souvenir이다. 불어에서는 기념품과 기억이라는 두 의미가 한 어휘에 담겨 있다. 마치도 여행길에 사 오는 기념품처럼 삶의 여로에서 경험한 것들은 기억의 조각들이 되어 누군가의 가슴에 남는다. 다른 누구와도 공유할 수는 없는 것이며 그 누구에게도 정확하게 설명해 줄 수 없는 것이 그런 기억들이다. 김연미 시인은 저항할 수 없는 시간의 흐름에 순응하고 그 시간 속에 놓인 존재의 의미를 깊이 새기는 자세를 다양한 텍스트를 통하여 보여 준다. 그러면서도 시간의 경계 너머에 존재하는 간절한 그리움에 또한 주목한다. 김연미 시인의 텍스트에 자주 등장하는 문턱이라는 시어는 경계의 속성에 대해 의문을 제기하는 역할을 맡는다. 시간의 한계 앞에서 좌절하고 그 시간의 흐름에 떠밀려 가듯 동참할 수밖에 없는 것이 우리의 삶이라지만 사무치는 그리움은 그 시간의 위력에 저항하듯 우리 삶에 틈입한다는 것을 보여 준다. 뫼비우스의 띠는 공간의 안과 밖을 구분할 수 없게 만든다. 공간에서와 마찬가지로 시간에 있어서도 과거가 현재로 회귀하고 현재가 과거와 손잡을 수 있을까? 그렇다면 기억이란 과거와 현재를 잇는 뫼비우스의 띠에 다름 아닐 것이다. 「뫼비우스의 띠」는 그런 시간의 중첩성에서 기억의 본질을 찾는 텍스트이다. 세월호 희생자들의 넋에 바치는 한 편의 간절한 진혼곡이 예

사롭게 들리지 않는 다. 위로에 한정되지 않고 기억의 힘을
적시하는 텍스트로 읽히기 때문이다.

낮과 밤의 문턱은 어디쯤이었을까
악몽처럼 뒤집힌 해맑은 영혼들이
잔잔한 포말이 되어
사그라든
그 지점

천 일 동안 비 내리고
천 일 동안 물에 잠겨
목젖 더 깊숙하게 가라앉던 네 이름
종잇장 하나를 두고도 들리지가 않았지

어느
뱃길을 따라
다시 여기 왔을까
멈춰 선 자리에서 시간의 결 헤쳐보면
한 바퀴 세상을 돌아온
영혼들이 있었다

　　　　　　　　　　　—「뫼비우스의 띠」 전문

"낮과 밤의 문턱" "종잇장 하나" 분리를 보여 주는 시어
를 전면 배치한 다음 시인은 간절한 그리움을 노래하는 방

식으로 "천 일 동안 비 내리고/ 천 일 동안 물에 잠겨"라는 구절을 제시한다. 해맑은 영혼들이 포말이 되어버린 후 남겨진 자들이 흘린 눈물과 그 눈물에 밴 한이 천 일이라는 말에 스며있다. 그러나 시인이 상상하는 공간은 뫼비우스 띠의 공간이다. 매듭도 없이 부드럽게 지면紙面을 휘어놓으면 안이 곧 밖이 되고 밖은 자연스럽게 돌아 안으로 수렴되는 그런 공간이 탄생한다. "한 바퀴 세상을 돌아온/ 영혼들"을 위하여 그렇듯 시인은 뫼비우스의 띠로 새로운 공간을 만든다. 뫼비우스의 띠가 생성하는 공간에서 낮과 밤의 문턱이 소멸한다. 수평선 너머로 사라지지 말았어야 할 배 한 척이 다시 뱃길을 거슬러 돌아올 터이다. 한 바퀴 세상을 돌아온 영혼들 또한 그 뱃길 따라와 다시 그 자리에 설 것이다. 그리움이 간절하면 시간의 한계조차 물러서리니 망망대해를 앞에 두고 수평선 너머로 시인은 뫼비우스의 띠를 그려본다. 간절한 것은 기억으로 남고 기억의 힘은 현실의 공간을 휘어지게 만든다고 시인은 주장하고 있다. 그렇듯 기억은 김연미 시인의 시 세계를 지배하는 강렬한 모티프이다.

특히 유년기의 추억은 시인의 상상력의 원천으로 작동하고 있다. 「여기가 거기였을까」는 기억 속에 자리 잡은 지나간 시간들이 시적 화자의 현재에 개입하고 있는 장면을 보여 준다.

고 작은 알몸들은 다 어디로 갔을까
다섯 살 계집애처럼 종알종알 맺혀있다 환하게 손을 놓

으며 물속으로 뛰어들던

　거슬러서 거슨새미 오른쪽으로 노단새미 주어진 이름대
로 흐를 만큼 흘렀는지
　물 긷던 새벽별마저 물동이를 버리고

　저 모퉁이 돌아서면 새가 날아오를까
　아버지 근육 같은 나무뿌리 한쪽을 베고 작은 새 작은
날개를 파닥이고 있었지

　여기가 거기였을까 줄거리 띄엄띄엄 풀숲에 길을 지우고
이끼 앉은 시간도 지우고
　저 홀로 눈물에 젖어 무너지는 그때 거기.

―「여기가 거기였을까」 전문

　"다섯 살 계집애" "고 작은 알몸들" "종알종알" "작은 새"
"작은 날개"…… 시적 화자의 유년의 기억은 다양하게 조각
난 모습으로 되살아난다. 그 기억의 공간은 작고 연약한 것
들로 채워져 있다. 그리고 시적 화자로 하여금 훼손되지 않
은 순수성을 유지할 수 있게 지키고 버텨주는 존재로 아버
지가 등장한다. 다섯 살 계집애로 하여금 작은 새의 이미지
를 갖게 하였으므로 그 새가 깃들 수 있는 듬직한 나무 한
그루는 가장 자연스러운 아버지의 이미지가 될 터이다. "아
버지 근육 같은 나무뿌리 한쪽을 베고" 시인은 근육과 나무

뿌리를 병치함으로써 가장 바람직한 아버지의 이미지를 완성한다. 그토록 믿음직한 아버지라는 나무뿌리가 있어 그 뿌리를 베고 작은 새는 날개를 파닥일 수 있었을 것이다. 오늘 문득 다시 그 자리에 돌아와 시인은 '여기가 거기였을까?' 하고 고개를 갸우뚱거리며 혼자 추억을 더듬어 숲을 헤매고 있다. 모퉁이를 돌 때마다 새가 되어 날아오를 유년 시절의 자신의 모습을 찾으며. 그 사이 오랜 세월이 흘렀을 것이다. 주어진 삶의 길을 한 걸음 한 걸음 가볍게 걸어 오늘 다시 어릴 적의 그 숲에 이르렀다. 기억과 함께하는 그 삶은 유연한 시어들의 음악성을 발현시키는 방식으로 그려진다. 물 흐르듯 자연스럽다. 따라 읽노라면 노랫가락처럼 들리지 않겠는가? "거슬러서 거슨새미 오른쪽으로 노단새미 주어진 이름대로 흐를 만큼 흘렀는지" 기억은 혼자만의 것이기에 더욱 보배로울지도 모른다. 오로지 그 기억을 간직한 자에게만 소중한 것이 기억의 장소이다. 재현하거나 공유하려 해보아도 기억의 고갱이는 언제나 휘발성이다. 거죽만 남은 짐승처럼 남는 것이 재현된 기억일 것이다. 그런 배타적 경험을 노래하며 시인은 "저 홀로 눈물에 젖어 무너지는 그때 거기"라고 갈무리한다.

어쩌면 주어진 이름대로 흐를 만큼 흐를 수 있는 것은 늘 동화 같은 세상을 꿈꾸고 실현해 보는 삶의 방식으로 인해 가능할지도 모르겠다. 「숨은 그림 스케치」는 추억과 동화가 한데 얼려 만들어내는 한 폭 그림 같다.

빨간색 우체통 안에 그리움을 데생해
설렘을 터치하는 손바닥 문패도 달고
명도는 봄 햇살만큼,
휘파람도 그려봐

자연산 색채마다 자연산 추억이 돋아
백살된 팽나무와 돌도 안 된 백일홍이
마당의
평상에 앉아
별을 찾고 있었던

오밀조밀 오조리
비 그친 수채화 속
장화 신은 고양이가 삐뚤빼뚤 길을 묻다
담쟁이 이파리 사이 숨은 그림이 되었다
—「숨은 그림 스케치」 전문

「숨은 그림 스케치」는 동화책의 그림처럼 아기자기하면
서도 밝고 환한 색상의 텍스트이다. 기억 속에 자리 잡은
동화 속 장면들이 한데 얼려 나타난다. 동화 속에서나 있을
법한 상상적 존재들이 함께 숨은 그림을 완성하고 있다. 담
쟁이 이파리 사이를 들치면 동화 속의 인물들이 몰려나올
것 같다. 행간에 기입된 추억과 동화의 모티프를 찾아내는
것은 오로지 독자의 몫일 터이다.

그렇듯 소중한 기억을 보듬은 채 정갈하게 삶을 갈무리
하고자 하는 자세를 시인은 또한 보여 준다. 「한대오름 가
는길」을 보자. "내 나이 가을쯤엔 빈숲처럼 고요해질까" 하
고 물으며 나이 들면 생각이 깊어져서 고요해질 것을 꿈꾼
다. 목소리를 낮추며 그런 고요에 다가가는 삶을 제시한다.
오름에서 마주친 봉분의 이미지가 낮고 낮아져 고요해진 그
런 삶을 제시하고 있다.

　　목소리 낮추고 보니 말년이 더 편안하다는
　　나직한 봉분 하나가 먼저 앉아
　　있었다.
　　　　　　　　　　　　　　　　　—「한대오름 가는길」부분

　나이 든다는 것은 기억을 늘려 가는 일일 것이다. 시간이
란 소중한 기억을 위해 예비된 것이고 고운 기억들이 넉넉
한 시간이면 그쯤에서 삶을 마감함직도 하다고 시인은 이
른다. 시간에 대한 의식은 김연미 시인의 여러 텍스트에서
변주되어 나타나고 있거니와 「골목의 봄」에서 가장 선명하
게 드러난다.

　　오래된 것들은
　　골목이 되어갔다
　　직선의 도로 날에 잘려 나간 마을 안쪽

윤색된

기억의 빛깔은

늘 찬란한 봄이었다

생애의 비밀 문자 주름살로 위장하고

자벌레 걸음으로 시간의 경계를 넘는

할머니 뒷모습에도 나른함이 따르고

여기서 거기까지

몇 생을 돌아야 할까

작아지던 골목이 한 점 점이 될 때

터질까

사라져버릴까

꽃망울 만개한 봄.

—「골목의 봄」 전문

　　시인은 큰 길을 벗어난 골목길을 마주한 채 그 골목길의 형상에서 삶이 소실하게 될 지점을 찾고 있다. 계절로는 꽃 피는 봄이 그렇게 사라져갈 시간에 부합하는 계절일 것이다. 돌고 돌아 가다 보면 골목은 마침내 한 점, 점이 될 것이라고 시인은 노래한다. 꽃망울 터지는 시간에 만개한 꽃 속에서 소멸하기를 시인은 기원한다. 그럴 때 그 사라짐은 기미도 없이 자연스러울 것이기 때문이다. 1연에서는 골목의 이미지를 도입하고 2연에서는 그 골목길에서 발견한 할

머니 뒷모습을 그려낸다. 1연에 등장한 "윤색된/ 기억의 빛깔"이 선행하는 까닭에 "생애의 비밀 문자 주름살"의 등장도 자연스럽다. 그리하여 마침내 3연에서 "여기서 거기까지/ 몇 생을 돌아야 할까" "터질까/ 사라져버릴까" 구절이 강한 호소력을 지니게 된다. 골목길을 돌아 나가는 것, 꽃이 활짝 핀 봄날, 골목길 속에서 멀어져 가는 일! 삶의 마지막 시간대는 그런 골목길처럼 친숙하고도 다정할 수도 있겠다. "터질까/ 사라져버릴까" 하고 노래함으로써 시인은 그 소멸의 순간조차 당당히 받아들일 준비를 하는 듯하다.

4. 꽃잎 같은 시어로 그려낸 피의 역사

제주 4 · 3 사건은 제주 시인에게는 언어로 재현해 내어야 할 부채이며 의무이며 사명이라 할 수 있다. 제2차 세계대전이 종식된 이후 아시아 아프리카의 신생 독립국에서는 뜨거운 피의 역사가 전개되었다. 냉전 시대라는 이름을 비웃기라도 하듯 이념을 구호로 내세운 내전과 학살의 시대가 지구상의 여러 곳에서 시작되었다. 제주 4 · 3 사건 또한 제주인의 집단 기억 속에 남아있다가 문득 문득 다시 출몰하는 현재성의 사건이다. 한라산 골짝마다 삼백여 개의 오름마다 서려있는 원혼을 달래는 진혼굿을 계속하듯 제주의 시인 작가들은 오늘도 글을 쓴다. 현기영 작가 이후 개인과 집단의 기억을 쓰고 고쳐 쓰는 작업이 부단히 지속되고 있다. 김연미 시인은 단호하고도 고유한 언어와 이미지를 골라 4·3 사건을 우리 시의 전통 속에 재기입한다. 그러나 김연미 시인은 '피'라거나 '학살'이라거나 하는 거친 언어들을 반복하지 않는다. 그날 이후 칠십 성상이 뜨고 진 자리에서 세월의 풍화작용을 견디고 남은 가장 단단한 이미지만을 도려낸다. 그리고 거기 곱게 비단 자락 같은 언어의 옷을 입힌다. 사무친 원한의 옹이는 안으로만 자라난 듯, 거친 항변의 언어를 버리고도 오히려 더욱 강렬한 저항이 가능하다는 것을 보여 준다. 자유를 '피의 냄새'라고 이름 지은 김수영 시인이나, '민주주의여!' 하고 주제를 가림막도 없이 불쑥 던져놓은 김지하 시인이나 '연련히 꿈도 설워라' 하고 애닳아 하던 이영도 시인의 전통과도 결별한다. 김연미 시인은 한 장의 스냅사진 같은 이미지의 단형시조를 제시하며 4·3 사건을 형상화한다. 「북촌 팽나무」를 보자.

피사체 노을 속에
흑백의 미학인가요

차렷 자세 세워놓고
나를 찍지 마세요

겨누어 나를 향하던
총구들만 같아요

———「북촌 팽나무」 전문

텍스트는 노을빛을 배경으로 하여 선명한 검은 실루엣을 드러내고 있는 팽나무의 이미지로부터 시작된다. 노을의 붉은 빛은 곧 4·3의 핏빛 역사를 응축적으로 드러내는 색깔이다. 그 역사를 등 뒤에 거느리고 선 피사체 팽나무는 단순한 검은 빛으로만 사진에 등장할 것이다. 후경의 붉은 빛이 강렬하면 할수록 피사체의 선은 더욱 확연해지리라. 그러나 팽나무는 역사를 목격하고 증언하는 객체가 아니라 그 역사의 일부가 되어 중장에 다시 등장한다. 의인화된 팽나무의 절규로 중장이 이루어지기 때문이다. 곧게 수직으로 선 팽나무는 차렷 자세로 세워진 역사 속의 인물이 되고 사진을 찍는 행위는 곧 총격의 등가물로 변모한다. "나를 찍지 마세요"라는 금지의 명령어! 그것은 저항의 절규에 다름 아니다. 사진을 찍는다는 행위와 사진 찍히는 대상, 사진기를 피사체 앞에 들이대는 자세와 총부리를 피해자에게 들이대는 모양새 사이의 거리는 매우 좁다. 피사체와 피해자는 동류항에 든다. 그 동종성을 찾아내는 시인의 직관이 날카롭다. 초장과 중장에서는 시침 떼듯 노을과 팽나무와 사진만을 노래한다. 종장에 이르러서야 그 노을과 팽나무와 사진 찍기의 모티프가 무엇을 말하기 위해 전면 배치되었는지 비로소 드러낸다. "겨누어 나를 향하던"…… 4·3을 말하기 위하여 김연미 시인이 필요로 한 것은 오로지 그 종장의 8자일 뿐이다. "겨누어 나를 향하던/ 총구들" 구절은 그리하여 현기영의『순이 삼촌』에 등장하는 한의 역사를 요약해 낸다. 그 구절을 통해 김석범의『화산도』에 그려진 해

방 이후 제주의 삶이 다시 드러난다. 1948년이 되살아난다.

프로이트Freud는 공포의 근원에는 어렴풋한 기시감이 자리 잡고 있다고 말했다. 노을을 배경으로 한 팽나무 사진 한 장으로 김연미 시인은 칠십여 년 전 그 자리에서 이루어졌을 학살의 장면을 되살린다. 무심한 저녁 풍경 속의 나무 한 그루가 섬찟한 기시감을 동반한 공포를 추동한다. 펜이 칼보다 강한 힘을 지닌다면 그것은 정녕 단순한 듯 예사롭지 않은 이런 텍스트 때문일 것이다. 이처럼 강렬한 전언을 이처럼 선연한 언어의 빛깔로 시인이 그려내기 때문일 것이다.

4 · 3 사건을 형상화하기 위해 김연미 시인이 취하는 렌즈는 여러 겹이다. 「북촌 팽나무」의 팽나무가 있는 풍경에서 응축된 역사를 발견할 수 있다면 「묘의 급」은 4 · 3이라는 역사책의 속 페이지를 보여 주는 텍스트이다.

바람도 무장한 채 문틈을 엿보던 밤
덜컥덜컥 동백꽃
영문 없이 떨어진다
만발한 낙화 위에서 울음들이 꺾이고

서론 본론 구분 없이 한 세상이 쓰러지고
떠돌이 작은 별들
일흔 번째 떠도는 동안
이념의 붉은 입자들 한 점으로 뭉쳤을까

묘에도 급이 있었다
돌계단 층이 지듯
버려진 시간만큼씩 등허리 더 굽히고 사는

충혼묘 현의합장묘
속령이골
골이
깊다.

— 「묘의 급」 전문

시인이 각주에서 밝히듯 제주 남원에는 국방경비대, 민
간인, 무장대의 무덤이 함께 나란히 놓여 있다. 그 장면을
포착하면서 시인은 그 역사적 사건의 모순과 복합성과 비극
성을 함께 풀어낸다. 서로 다른 지향점을 지닌 채 동일한 역
사의 시간대를 함께 통과한 인물들의 사연을 시인은 명상한
다. 그리고 묘의 급이라는 상징성을 통하여 그 모순의 역사
를 부각시킨다. 충혼묘, 현의합장묘, 속령이골은 서로 다
른 세 인물군에게 주어진 묘의 이름들이다. 역사의 소용돌
이 속에서 누군가는 국가의 명령을 따라 폭도로 상정된 타
자들을 희생시켰다. 그리고 또 다른 누군가는 자유와 민족
의 이름으로 투쟁하다 죽음의 길을 갔다. 그리고 서로가 서
로를 향한 살육을 벌이는 사이 무고한 민간인들도 함께 스
러져 갔다. 그 격동의 역사 흔적인 듯 이름도 모양새도 다
른 묘들이 나란히 한곳에 놓여 있다. 시인은 화해에 이르지

못하였거나 결코 이를 수 없을지도 모를 그 역사의 모순을 시적 언어로 그려낸다. "충혼묘 현의합장묘/ 속령이골/ 골이/ 깊다"고 노래한다. "속령이골"의 "골이/ 깊다"에서 다시금 등장하게 만든다. 그리하여 말의 유희성을 놓치지 않으면서도 합당한 역사의 서술을 이루어낸다.

서로 다른 목적을 지닌 채 한데 엉겨 스러져가야 했던 사람들을 기억하며 그 역사의 아픔을 노래하는 방식도 절묘하다. 우선 1연에서 시인은 "덜컥덜컥 동백꽃/ 영문 없이 떨어진다"고 노래한다. 동백의 낙화를 형상화한 구절이다. 그러나 단순한 묘사가 아님은 자명하다. 동백은 바람에 영문 없이 떨어질 터이지만 동백의 낙화는 영문도 알지 못한 채 죽음을 맞은 역사 속 인물들을 소환하는 문학적 장치이기도 하다. 공포의 시간대를 준비하기 위하여 시인은 바람의 존재를 시편의 초입에 배치한다. 4·3 사건을 상징할 수 있도록 "바람도 무장한 채 문틈을 엿보던 밤"이라고 이른다.

명쾌하게 분절되지 않는 이념, 그리고 그 위에 드리운 혼돈의 시간대를 그려내기 위하여 시인은 또한 노래한다. "서론 본론 구분 없이 한 세상이 쓰러지고" 뉘라 할 것도 없이 앞서거니 뒤서거니 한가지로 무너져 내렸을 사람들…… "일흔 번째 떠도는 동안"에서 보이듯 칠십 년의 세월 뒤에 시인은 살육의 역사, 그 흔적을 마주하고 섰다. 어쩌면 기구한 역사를 반복하지 않으리라는 다짐이, 혹은 불운한 시대에 대한 회억이 스며있는 텍스트이다. 기억 속에서 멀어져 가는 인물들과 사연들이 시인이 바치는 한 줌 언어의 꽃다발

위에 다시 떠돈다. 그렇듯 김연미 시인은 제주 4·3 사건이
라는 묵직한 역사책을 어루만지며 갈피갈피 스며있는 사연
들을 자신만의 시선으로 읽어나간다. 잊히지 말아야 할 인
물들을 고유의 방식으로 호명한다. 자신만의 소중한 언어
로 역사를 다시 쓴다. 「이덕구를 만나다」를 보자.

그 사람과 나 사이

숨은 길을

찾았다

새로 돋은 나뭇잎에 햇살 듬뿍 내려도

아직은 미덥지 못한 듯

입술 꼭 깨무는 봄에

앞서 누운 조릿대 다시 밟고 오른다

칡 감발 슬픔 위에 내 발자국 겹치면

초록색 바람이 분다.

스물아홉 청년 같은

보급품 구하러 나간 동지들은 돌아왔을까

꺾여도 빛이 나던

그 남자

의지처럼

백골의 사금파리가 돌담 위에서 더 희고

감자 몇 개 삶아내던 무쇠 솥도 깨지는 시간

일흔 번째 꽃이 피고

일흔 번째 꽃 지는 동안

그 자리

나를 기다린

한 남자를 만났다.

—「이덕구를 만나다」 전문

"아직은 미덥지 못한 듯/ 입술 꼭 깨무는" 나뭇잎같이 역사 속 인물들의 자리는 불안하다. 아직도 제대로 기억되지 못한 채 떠도는 역사의 조각들로 남아있다. 그를 호명하며 기억하는 것! 김연미 시인은 제주 시인에게 운명처럼 주어진 그 과제를 하나 하나 공들여 수행해 나간다. "그 자리/ 나를 기다린/ 한 남자를 만났다"라는 텍스트의 매듭을 보라! 그렇듯 시인은 역사 속으로 걸어 들어가면서 가장 구체적이고 가장 개인적인 방식으로 공적 역사의 틈을 헤집고 든다. 자신의 목소리를 거기 재기입한다.

제주의 봄, 제주의 4월은 아픈 역사의 땅을 뚫고 피어나는 봄꽃과 더불어 전개된다. 신동엽이 한반도를 노래하며 진달래 산천을 소리쳤다면 그 목소리에 응답하듯 김연미 시인은 「노루귀 산천」을 빚어낸다.

기다림에 지친 숲이 봄으로 갔어요

신동엽의 진달래 산천 아직은 먼 삼월 어귀
노루귀
분홍 노루귀
해방구가 여기네요

마지막 산사람이 귀 한쪽 열어두고
냉전의 뿌리를 베고 잠이 들던 그 자리
지워진
파편 자국에
귀만 남아 피네요

빈숲에 겨누었던 총부리 거두는 봄
햇살 환한 사람들이 한 줄로 찾아와서
노루귀
하얀 노루귀
무릎 꿇고 있네요.

—「노루귀 산천」 전문

   봄은 진달래가 한반도를 뒤덮는 시간, 선혈 같은 붉은빛
으로 민주화의 역사를 상기시키는 시간이다. 그런 봄날, 제
주에선 노루귀가 지천에 피어난다. 노루의 귀 솜털같이 보
송보송한 꽃잎을 연다. 노루귀 피는 것도 예사로운 일은 아
니다. "마지막 산사람이 귀 한쪽 열어두고"에서 보듯 쫓겨
서 산에 들었던 제주 사람의 넋이 피워 내는 꽃이기에 세상

을 향해 열어둔 "귀 한쪽"을 닮아있다. "지워진/ 파편 자국
에/ 귀만 남아 피네요"에서 보듯 끝내 그는 스러져갔고 전
설처럼 그의 귀를 닮은 꽃이 피어 봄을 알린다. 긴 세월의
흐름 뒤에 아픔도 결이 삭고 이제 봄은 "총부리 거두는 봄"
이 되어 돌아온다. "햇살 환한 사람들이 한 줄로 찾아"오는
그런 봄날이다. 하얀 노루귀 앞에서 모두가 숙연해지는 봄
이다. 망각의 겨울이 지나고 기억의 봄이 돌아오는 시간,
제주의 4월은 더욱 밝게 푸르러진 바다와 부드러워진 햇살
과 노루귀 산천으로 온다. 반도에서는 4·19의 진달래 산
천, 제주에서는 4·3의 노루귀 산천으로 그렇게 해마다 봄
이 온다. 역사는 자연 속에서 기억되고 자연은 역사를 품
어 더욱 소중해진다. 김연미 시인이 고운 언어로 피의 역사
를 노래하는 방식 또한 그러하다. 자연과 역사가 서로를 부
축하고 있어 낯설지 않고 무디지 않다. 정교하고 그래서 더
욱 애틋하다.

5. 한 편 시를 얻기까지

김연미 시인은 삶의 모든 순간들을 명상하고 반추하며 섬
세하게 재현해 낸다. 그의 텍스트에서는 개인적 기억들이
동화 속의 모티프들로 펼쳐지기도 하고 흘러가는 세월들이
고양된 삶을 부축하고 부추기는 동력으로 변모되어 나타나
기도 한다. 자신만의 낮고 여린 목소리를 재현의 지팡이로

삼은 채 민족사의 고고학자가 되어 거친 역사의 시간대 속으로 대담하게 걸어 들어가기도 한다. 그 사유와 인식과 자각과 기억의 조각들이 모두 시어로 변모하여 텍스트를 형성한다. 그렇다면 그의 삶은 곧 시를 찾아가는 과정이요 그의 시는 바로 그의 삶, 그 자체일 것이다. 한 편 시를 빚는 과정을 다시 시적 언어로 형상화한 텍스트들은 그러므로 김연미 시인의 자화상으로 보아도 좋을 것이다.

김연미 시인이 선택한 시적 형식이 시조인 까닭에 시조의 형식적 특징에 대한 직관적 이해가 텍스트마다 빛을 발한다. 우리말의 음악성이 넉넉히 발휘되는 텍스트들을 자주 접하게 된다. 시조의 묘미를 살려 내어 완성하고자 하는 자세가 텍스트의 곳곳에 배어있다. 「밤에 쓰는 시」를 보자.

> 반전의 종장까지 몇 밤을 지새야 할까
> 잡어들만 가득한 비릿한 갑판 위엔
> 마지막 음보 하나가 끝내 빈 칸으로 남고
>
> 빠져나간 생각들은 대어로 돌아올거야
> 그물코 성긴 틈새를 희망이라 믿으며
> 더 깊은 어둠 끌어와 불빛들을 밝힌다
> ─「밤에 쓰는 시」부분(『바다 쪽으로 피는 꽃』)

종장은 시조의 미학을 완성하는 요체이다. 초장과 중장에서 사유와 이미지의 전개가 이어지다가 종장에서는 의도 한 바를 깔끔하고도 강하게 전달하고 종결에 이르러야 한다. 종장에서 전개되던 시상의 반전이 일어날 때 시적 효과는 극대화된다. 가장 간절한 말 한마디를 찾아내는 일, 그리고 그것을 종장에 배치하는 일은 오랜 훈련과 타고난 재능이 결합할 때에나 가능한 일이다. "몇 밤을 지새야 할까" 구절은 그 지난한 작업의 과정을 드러내고 있다. 텍스트를 관통하는 것은 물고기 잡는 어부의 이미지이며 잡어와 대어는 시인이 건져낸 언어들의 등가물이다. 그럴 때 시인의 원고지 혹은 작업실은 비릿한 갑판이 되고 시인의 상상력은 어둠을 밝히는 불빛으로 변한다. 밤낚시의 이미지 속에 텍스트를 구현하고 있으므로 밤에 이루어지는 시 쓰기 작업과 밤낚시의 노역이 또한 평행을 이룬다. 맞서며 텍스트로 하여금 탄탄하게 긴장력을 유지하게 한다. 그물코 성긴 틈새, 빠져나간 생각, 잡어만 가득한 비릿한 갑판…… 현실에서 경험하는 좌절, 낭패, 그리고 당혹감을 텍스트에 충분히 부리면서도 시인은 대어의 꿈과 희망과 불빛을 함께 싣기를 잊지 않는다. 만선의 꿈으로 풍어제를 올리는 바닷가 어느 마을에 든 듯하다.

번번이 좌절하지만 결코 물러나지 않는, 신화 속의 시시포스같은 존재가 시인의 모습일 것이다. 자신만의 시어를 찾아 현실과 상상의 세계를 누비고 다니는 것이 시인의 길일 것이다. 명료하지 않지만 황홀한 아우라로 사로잡고 마는 말, 그 유혹에 단단히 사로잡힌 존재가 시인일 것이다. 그런 시인의 자화상은 「시」에서도 새로운 색채로 다시 등장한다.

당신이 참 낯설다
잘 안다고 생각했는데

사람들은 저마다 다른 별에서 살지

별자리 운세 풀이에도 알 수 없던
너의
등

몇 광년 건너가면
옷자락에 닿을까

휘어진 시공간을 빠져나올 수도 없어

창가의
별빛에
기대

잠이 들곤 했었다.

―「시」 전문

"당신이 참 낯설다/ 잘 안다고 생각했는데"…… 손에 잡
힐 듯하면서도 끊임없이 빠져나가는, 바로 눈앞에 나타난

듯 가까웠다가 문득 저만치 멀어져 있는, 그런 멀고도 가까운 사이가 시인과 그의 언어일 것이다. 결코 만만히 자신의 정체를 드러내지 않는 말의 속성에 붙들리는 것이 시인의 운명이다. 그런 존재의 구속감을 김연미 시인은 절묘하게 그려낸다. "휘어진 시공간을 빠져나올 수도 없어" "사람들은 저마다 다른 별에서" 산다고 시인은 또한 말한다. 자신이 태어난 별에서, 그리고 주어진 시간과 공간 속에서 중력의 지배를 받으면서도 명료한 의식을 지닌 채 버티어나가야 하는 것이 한 생이라 할 만하다.

「쇳소리로 울다」와 「비닐을 내리다」에서 보듯 시인은 이 시대의 변화하는 삶에도 무심하지 않다. 도저한 자본주의의 시대에 속절없이 무너질 수밖에 없는 삶을 노래하기도 한다. 고유한 삶의 방식을 양보하게 된 이웃의 현실을 보며 시대의 흐름 또한 또 하나의 중력이 되어 개인을 짓누르게 되었음을 그려낸다.

김연미 시인은 언어라는 프리즘을 통하여 자신의 삶을 들여다본다. 유년의 기억들을 선명한 색상으로 간직한 채 인생의 고비를 돌아설 때마다 자신이 이른 곳에 표지를 남긴다. 한라산 성판악에서 발견하는 갖은 빛깔의 천 조각처럼 그가 통과해 온 세월의 흔적들이 텍스트에 담겨있다. 끝없이 하강과 추락을 요구하는 지구의 중력에 당당히 맞서기도 한다. 바람결에 낙화하는 꽃잎들이 바람결에 잠시 솟구쳐 오르듯 인생의 업사이클링을 스스로 주문한다. 그리고 자신에게 주어진 역사의 짐을 져 나르기를 잊지 않는다. 그무게에 압도된 채 엄살 부리듯 거친 숨결로 절규하지 않는다. 짐을 실은 지게에도 진달래 꽃가지 하나 곁들이듯, 그러면 범나비 호랑나비 그 지게를 따라오듯, 김연미 시인은 노루귀 피는 뜻을 노래한다. 홀로 남은 산의 사내가 감자를 굽곤 하던 솥뚜껑을 그려낸다. 서정을 통하여 서사가 제대로 전달될 수 있음을 시인은 웅변하고 있다.

"돌아가지 못한 것들이 하얗게 마르고 있다"(「멸치 떼」) "큰 바위에 큰 파도/ 작은 바위에 작은 파도"(「2016, 겨울 바다」)를 시인은 또한 노래한다. 바닷바람에 늘 들먹이는 파도도 그 바다의 물고기도 김연미 시인의 눈길 앞에서는 시의 텍스트를 빚는 질료로 변모한다. 숨겨 오던 갖가지 이야기들이 솟구쳐 나와 인생을 노래하고 역사를 노래하게 된다. 그 사연을 그려내는 시인의 언어는 밤하늘의 별빛처럼 명징하기만 하다. 김연미 시인이 지닌 가장 아름다운 덕목은 쉽게 양보하지 않고 가장 정확한 언어를 찾아내고자 애쓰고 기다리는 것이다. 「밤에 쓰는 시」에서 보듯 빈칸으로 남은 음보 하나를 쉽게 채워버리지 않는 자세이다. 여기, 넉넉하고도 고유한 그의 시어들이 서로 다시 엉기고 넘나들며 시적 텍스트의 그물코를 완성해 나가고 있다. 시인의 여러 갈래 꿈과 기억과 경험들이 그 시어의 그물에 풍성히 담겨 있다. 다시 봄이다. 사월의 봄 햇살을 다시 맞는다. 그 눈부신 햇살 아래, 『오래된 것들은 골목이 되어갔다』을 함께 읽는 봄날이다.